JN151317

令和川柳選書

紙ふうせん

谷藤美智子川柳句集

Reiwa SENRYU Selection

Tanifuji Michiko Senryu collection

新葉館出版

令和川柳選書

紙ふうせん ■ 目次

令和川柳選書

紙ふうせん

Reiwa SENRYU Selection 250
Tanifuji Michiko Senryu collection

第一章　四季便り

紙ふうせん気儘な風と戯れる

お静かに萩がこぼれぬよう会話

冬枯れの庭に主張の福寿草

雪解けの声にらんらんランドセル

妻の花咲かせてやろう土になる

野も山もみんな我が家の春景色

おもてなし冷たい水がありがたい

フレームのない青空がある故郷

私が笑うと揺れる水鏡

コスモスが揺れてひとりの風の道

曼殊沙華あれは緋の色わたし彩

ふきのとう春一番を盛りつける

研ぎ水が澄んで和解の嫁姑

立ち直るきっかけ母の握り飯

私ではなくなるタイムカード押す

自惚れも入れて自画像出来上がり

封を切るきっとあなたのいい返事

父の地図辿ればそこに母が居る

私を魔女にしたのは都会の灯
泣いた夜の涙を両の手で包む
青空を全部いただく深呼吸

嫁ぐ娘へ親が持たせる白い地図

語り部の所作を助ける深い皺

翳む目で仕上げた母の愛を着る

番号で呼ばれ人間軽くなる

悔しさがまだ残ってる今朝の眉

目の中の孫がヤンチャをして困る

起きぬけの水ひんやりと秋を飲む

豆腐切る音で目覚めた白い朝

ささくれた心を撫でる故郷の風

錆ついた脳を故郷で研ぎ直す
わたくしの雨季ですとても危険です
書いて候泣いて候ラブレター

たっぷりの汗を流して明日が見え

南から冬を蹴飛ばす花便り

こんなにも小さかったかた母の下駄

世の中の摩擦を知らぬ無洗米

人間に見えてくるまで自我を研ぐ

忙しい一日だったたつけまつ毛

ショートした脳が迷路を出られない

嘘がばれその場繕う軽い咳

刃こぼれを研いでおります趣味講座

楽しいと描けば楽しい一行詩

右ひだりどう転んでも私です

いろいろな音で築いた母の城

温度差の違い泣いたり笑ったり
迂回してみれば他愛のない悩み
背伸びしてきた人生だ良く転ぶ

いい話ゆっくり砂糖溶けてゆく

手作りの式へ仲間の応援歌

早咲きの娘が途中下車をする

複眼で見ればどの子も皆良い子

横文字のコロナ変異に悩まされ

点字追う指に聞こえる春の詩

唇が寒い独居の手酌酒

許そうと思えば空が澄んでくる

新薬に明日への夢を賭けて生き

初恋のあの日へ還る酔芙蓉

四季巡る大地に嘘のない響き

身から出た錆影法師まで孤独

パッチワーク起死回生の亡母の服

口げんか恋の始まりとも知らず

ふと触れた君の香りを持ち帰る

喪が明けたあなた翔んでもいいですか

おもちゃ箱開ければ子等の笑う声

男の料理募ればやもめばかりなり

父の貨車そろそろ息が切れる頃

母が居る部屋でまあるくなる話

ダイヤより指抜き似合う母の指

事勿れ大根洗う幸でいい

すっぴんの顔が好きだと風が撫で

目が合わぬ別れのサインかもしれぬ

増築の話に猫も来て座る

実を結ぶまでは水やり愛をやり

針のない時計を持って妻が翔ぶ

まっ白な骨だ正直者だった

仏壇の灯りを守る嫁が来る

源流を辿れば父という大樹

鉛筆がちびるまで書くあなたの名

どの橋を渡ろか今日の君次第

全身をコピーで包む娘のおしゃれ

同姓同名綺麗な方がわたしです

片耳で聴く本当の内緒事

イチゴ狩りまっ赤な春を試食する

Reiwa SENRYU Selection 250
Tanifuji Michiko Senryu collection

第二章 道ありき

千人に千の道あり仏の座
真実の愛です普段着が似合う
指切りのあの日へ還る詩がある

火の章を抱いて原爆碑の無言

九条に濃いシミ付けてなるものか

傷心へ追い打ちかける通り雨

ここからは子の道地球儀を回す
溝一つ埋めて地域の和に解ける
子育てと介護右の手左の手

鉛筆がいつでも丸い楽天家

アンケート軽いタッチで嘘を書く

親の庇護抜けて羽ばたきたい大志

山があり水あり母のにぎり飯

酒瓶を友に仮設の灯が寒い

居ては邪魔いなけりゃ困るそんな仲

スマイルが答え私の処世術

サヨナラと書く片仮名の冷た過ぎ

肩越しに妻が指揮する台所

カルチャーへ一週間を埋めに行く

スーツからエプロンになる母になる

糠床が馴染んで嫁の座が決まり

血と汗で彫った仏に気を入れる
転んでもいいよいっぱい道はある
感情線消えてしまったのか無力

哲学は無用わたしの生きる道

近づかないで私これから弾けます

泣く笑うだけは差別のない世界

飾るほど男が寒くなる背中

旨いもの食べようローン完済日

不器用に生きてきました丸い背な

ストレスと書いて身軽な診断書

人間の顔して耳を立てる犬

もてなしもいいけど少しほっといて

子と描いた地図が褪せてく核家族

夫婦して描いたドラマに悔いはない

まっ白なマスクで言った赤い嘘

打ち明けた話そのまま冬になる

初恋も失恋もあるニキビ痕

体感の違いエアコン狂い出す

長生きは粗食と嫁の出す料理

朧月くちびるアッと盗まれる

軸足の添え木は妻という宝

親族が唯一揃う法事の日
人生のパズルが解けるまで歩く
影法師温いあなたについて行く

棒読みが祝宴泣かす父の謝辞

教会で寺の娘のお嫁入り

結婚へあーだこーだと外野席

いざという時の味方は愛でしょう

しがらみを捨てた時から自由人

自分色に成りたくなって輪を抜ける

幾つもの眼鏡揃えて子を育て

口紅が私の中の女です

神様も多忙で絵馬を読み忘れ

畳むには惜しい君との地図がある

冷戦へおしゃまな孫が来てエンド

ふうせんの気儘を許す風の罪

禁酒解け一直線に命飲む

言い訳は苦手笑顔で訴える

遠い日の拳を素手が知っている

胎内めぐりみんな仏の子供です

誉め過ぎる人から少し距離を置き

就活へ若い英知を売りに行く

うつむけば首の重さにふと気付く

侘びさびの一輪客を待つ茶室

メダルより努力の汗が美しい

気取らない余白に友が寄ってくる

タイトルが付かぬ我が家の茶番劇

嫁姑男の位置が決まらない

隠しごとやっぱり出来ぬ歯の疼き

おはようと回覧板が上がり込む

農を継ぐ覚悟で戻る足の裏

弱音など吐くから月が欠けてくる

キッチンが静止画像の妻の留守

沈む陽に背伸びして見る明日の夢

編みかけのマフラー恋が終わった日

信じよう澄んだ瞳に嘘はない

一国の主になったワンルーム

無駄な枝落として老いの身の整理

この街が好き亡父が居る亡母がいる

切れそうな糸を編み足しまだ夫婦

究極のドラマは夫婦ゲンカでしょ
生き様にシナリオはない途中下車
千羽目の鶴が飛び立つまで祈る

Reiwa SENRYU Selection 250
Tanifuji Michiko Senryu collection

第三章

訪れ

再会へ眠れない夜のロゼワイン
新年の挨拶楷書から始め
ラストライフのドラマ決めるのはわ・た・し

梅の香にひょいと背筋を整える

ふる里の山に命の気をもらう

日記帳へ座右の銘を折りたたむ

行きついたところで父の辞書に遇う

ほどほどに濁った水に住む安堵

脳回路スマホに替えてから迷路

荒れる子を叱って誉めて抱き締める

娘のお酌温い今夜の酒さかな

寝る食べる口も達者な骨密度

人脈は家宝と誇る奉加帳

寡黙だが睨みをきかす父の椅子

新築に母を迎える南部屋

潔癖な人だ気疲ればかりする

ぱたぱたと女を叩く化粧台

低カロリー男の骨が写らない

忙中へ風の旋律心地良い

ワイシャツの白青春の片思い

幸せが絵になっている二重あご

寄せ鍋へ箸が届かぬ嫁の位置

好きですと言えずに貼った花切手

多国語のおしゃべりを聞く冷蔵庫

ほのぼのと心通わす手話の指
ひらがなで書いてやさしい注意書き
言いたくはないが我慢の出来ぬ舌

父の料理哲学的で味気ない
左遷かも妻が深読みばかりする
ふくよかな母と重なるワイン樽

真っ直ぐな道だ疲れていませんか

お豆腐の角はまあるいほうがいい

身軽さが魅力結婚先延ばし

スパイクの穴から覗く大リーグ

義損金小銭纏めて顔を立て

一病があって得意になる話

主語のない話で弾むギャルの街

ひょうひょうと風は味方を作らない

満月の窓を病の母に開け

カルチャーで線香花火ほどの恋
黄金の波が故郷の秋を織る
すんなりと解けた答が頼りない

武勇伝昔話にして自慢
消しゴムがあるから嘘も少し混ぜ
可燃物とそのうち僕も捨てられる

期待した混浴妻と二人きり
女系家族配達人に手を借りる
待っているからと亡夫の遺言書

家計簿の黒字いい音して閉じる

嫁が来る過疎の神社の鐘が鳴る

辛口をチョコに包んだ言い回し

辻褄の合わぬ話を酒で埋め

大将と呼べば返事は妻がする

癒えるまで休んで行けと国訛り

満点でないから持った夫婦仲
Ｄ５１と呼ばれ昭和を走り抜け
未来地図もう計算は出来ている

認めたくないが敬老日の粗品

母の日も水の音から動き出す

心までバリアフリーにして老後

八日目の朝を信じて蝉時雨

もう少し飲めるな検査異常なし

家中を丸洗いしして初春迎え

全身の骨が緩んだ里帰り

掻き混ぜた泥が澄むまでじっと待つ

上ばかり見てて梯子を踏み外す

臓器移植見知らぬ人と同居する

親の目が寝るまで僕を追いかける

沈む陽を追ってブランコ高く漕ぐ

頂点に立つと見えなくなる眼鏡
あなたとの再会夢を編んでます
どの道も間違いでない子の未来

水ごくり生かされている生きている
アルバトロス偶然なんて言わせない
共白髪茶渋が語る暮らし向き

父と子の絆を飛ばす竹とんぼ

姑の多弁が戻る回復期

海鳴りになって拉致の子母を呼ぶ

煮こぼれたレンジを研く憂さばらし

わんぱくの元気繕う母の針

一行の追伸ですが本音です

亡父さんのまだ温もりのある　ど・て・ら

母さんの一針ずつを身に纏う

終章は自分を飾る一行詩

あとがき

私が川柳に出会ったのは何気なく覗いた社協センターで川柳講座の募集に目が止まり、六回という短期講座にも魅力を感じ申し込んだのが始まりでした。終了後、講師の先生の薦めで土浦芽柳会に入会。

思うように句が出来なくて悩んでいた時、よみうり文芸によく投句していた先輩に勧められ、私も投句するようになりました。

そんな折り、庭の隅に福寿草が頭を出していました。

冬枯れの庭に主張の福寿草

何気なく作った句が活字となって文芸欄に載ったのです。

〝人間に例えた福寿草の生命力の強さを中七の「主張」が物語っています。〟という選者の先生（故・伏見清流氏）の電話でのコメント。初心者の私にはこの上もないお誉めの言葉に感動しきりでした。

この句が切っ掛けとなり、川柳という世界に飛び込んだのが私の原点です。

コロナ禍で二年もの間、句会もままならない時、新葉館の副編集長の竹田麻衣子さんから句集発刊のお誘いがありましたが、まだまだその域ではないとお断りしていたのですが、何度も背中を押してくださり、柳歴二十一年の集大成として、また私が川柳に関わった足跡を子供たちに残しておこうと思い、お願いすることになりました。それからの日々は朝から、晩まで句と首っ引き、最後は、柳友である海東昭江さんに選句をお願いしました。

発刊に当たり懇切丁寧にご指導くださいました竹田麻衣子さん、またお忙しいにもかかわらず選句を心良くお引き受けくださいました海東昭江さんに心よりお礼申しあげます。

また、この度の川柳マガジン通巻二五〇号記念「令和川柳選書」に参加させて頂きました事に改めて感謝申しあげます。

二〇二二年七月吉日

谷藤美智子

●著者略歴

谷藤美智子（たにふじ・みちこ）

茨城県つくば市上大島に生まれる

平成13年　土浦芽柳会に入会

平成24年から令和元年（8年間）当会の会長を務める

【所属柳社】

土浦芽柳会、つくば牡丹柳社、

999土浦川柳会、つくばね番傘川柳会、

東葛川柳会、いなしき川柳会

【現住所】

〒300-0068　土浦市西並木町3638-3

令和川柳選集

紙ふうせん

○

2022年 8月 8日　初　版

著　者

谷藤美智子

発行人

松岡恭子

発行所

新葉館出版

大阪市東成区玉津1丁目9-16 4F　〒537-0023

TEL06-4259-3777㈹　FAX06-4259-3888

https://shinyokan.jp/

○

定価はカバーに表示してあります。

©Tanifuji Michiko Printed in Japan 2022

無断転載・複製を禁じます。

ISBN978-4-8237-1119-0